菜乃のポケット

Nano-no Pocket

村上しいこ 作

かべやふよう 絵

おしごとのおはなし 花屋さん

講談社

「菜乃《なの》ちゃん、おきて。もう朝《あさ》だよ。いつまでねてるの。」

菜乃《なの》が、ふっと目《め》をあけると、見《み》たこともない生《い》きものが、ハタハタと空中《くうちゅう》を飛《と》んでいました。

そのすがたは、人間《にんげん》のようでもあります。ただ、せなかには、はねがついています。

大《おお》きさは、菜乃《なの》がもっている、ふでばこくらいです。

「あなた……だれ？」

菜乃《なの》は、少《すこ》しこわくなって、ゆっくりとからだをおこしました。

「あの、ぼく、妖精《ようせい》チョコットっていうんだ。」

「妖精《ようせい》……？」

「うん。妖精《ようせい》って知《し》ってる？」

「まあ……。」

うたぐりぶかそうな目《め》で、
菜乃《なの》が見《み》ます。

「妖精《ようせい》って、木《き》とか、花《はな》とか、
ランプなんかからうまれてくる、
あれだよね。」

「そうそう。あれ。」

チョコットは、うれしそうにうなずきました。

それほど、キケンなやつではなさそうです。

「でも、その妖精《ようせい》が、なにをしにきたの？」

「ぼくの仕事《しごと》は、日曜日《にちようび》だからといって、一日《いちにち》じゅうごろごろしている子《こ》を、部屋《へや》からつれ出《だ》して、ゆういぎで、じゅうじつした生活《せいかつ》をおくるように、みちびくことなんだ。」

「なんか、さりげなく、悪口《わるくち》をいわれてるような気《き》がするんだけど。」

菜乃《なの》が、口《くち》をとがらせます。

チョコットは、あわてて手《て》をふりました。

「そんなことないって。それに今《いま》、ぼくの仕事《しごと》っていったけど、これは、ぼくが通《かよ》ってる妖精学校《ようせいがっこう》の修業《しゅぎょう》のひとつ。つまり勉強《べんきょう》なんだ。」

「妖精学校《ようせいがっこう》？　テストとかもあるの？」

「もちろん。テストもあるよ。」

「そう、たいへんね。がんばってね。」

菜乃《なの》は、この妖精《ようせい》があぶなくはないと知《し》ると、もう一度《いちど》ねなおそうと、ベッドにもぐりかけました。

あわてたのはチョコット。

「ちょっとまって。ねぇ、ぼくの話《はなし》、ちゃんと聞《き》いてくれた？　菜乃《なの》ちゃんの家《いえ》、せっかく花屋《はなや》さんなんだから、おきて、お店《みせ》のお手伝《てつだ》いとかしようよ。」

チョコットは、ていあんしました。

すると、

「じゃあ、警察官《けいさつかん》の子《こ》どもは、休《やす》みの日《ひ》には、警察犬《けいさつけん》になるの？　お医者《いしゃ》さんの子《こ》どもは、かんごしさんになるの？

あ、これはちょっと、いいかも。」

菜乃《なの》は、むちゃくちゃいいます。

むりやりおこされて、ふきげんになってます。

どうしたものかと、チョコットがこまっていると、

「そうだ！　チョコットが妖精《ようせい》なら、なにか魔法《まほう》とかできるの？　それ見《み》せてくれたら、あそんであげてもいいよ。」

「いや、あそびたいわけじゃ……。」

「えっ!? 魔法《まほう》できないの?」

「いや、できなくもないけど。」

「じゃあ、見《み》せてよ！」

ついさっきまで、ねむそうだった菜乃《なの》の目《め》が、キラキラ光《ひか》りました。

「そんなことして、ばれたら、しかられるんだ。」

「だれに、しかられるの？」

「学校《がっこう》の先生《せんせい》。」

「しかられるのも、けいけんよ。」

「はっ？」

「わたしも、よくしかられるけど、おとうさんもおかあさんも笑《わら》って、いつもそういうよ。」

「……？　とにかく、あそびにきたんじゃないし。菜乃《なの》ちゃんに、なにか家《いえ》のお手伝《てつだ》いをしてもらって……。」

いいながら、チョコットは、ポケットから、カードを取《と》り出《だ》しました。

「このカードなんだけど。」

「なに、これ？」

菜乃《なの》が手《て》に取《と》ります。

カードには、

「行《い》った場所《ばしょ》」「名前《なまえ》」「サイン」

と、三つ書《か》くらんがありました。

行《い》った場所《ばしょ》にはもう、「花田生花店《はなだせいかてん》」と、

そして名前《なまえ》のところには、「花田菜乃《はなだなの》」と、
菜乃《なの》の名前《なまえ》が書《か》きこんでありました。

「菜乃《なの》ちゃんに、家《いえ》のお手伝《てつだ》いをしてもらって、このカードに、おとうさんかおかあさんの、サインをしてもらわないといけないんだ。」

「あれと、いっしょだね。家《いえ》で音読《おんどく》して、聞《き》いてもらった人《ひと》のサインをもらってくるっていう。」

菜乃《なの》ちゃんが、とくいそうにいいます。

「うーん。いっしょかなあ。」

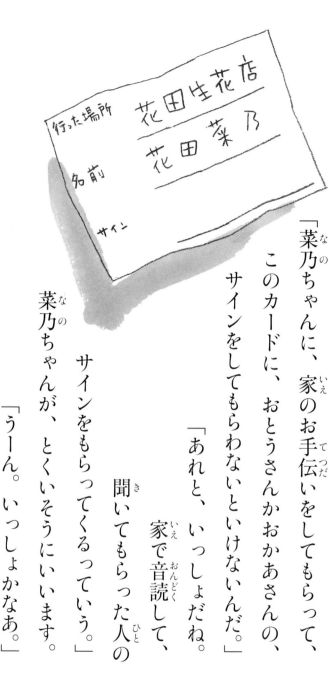

チョコットは、首《くび》をひねりました。

それでも菜乃《なの》は、けっこうしゃべったせいか、きげんよく、すっかり目《め》もさめたようです。

「わかった。かわいそうだから、協力《きょうりょく》してあげる。」

「かわいそうとかじゃ、ないんだけど……まぁ、いいか。ありがとう。」

そうと決《き》まると、菜乃《なの》はさっさと、ふだんぎにきかえました。

「おとうさんとおかあさんにも、しょうかいするわね。きっとおどろくよ。」

菜乃《なの》がうきうきしていると、チョコットが、ひらひらまいながらいいました。

「それはむり。菜乃《なの》ちゃんいがいの人《ひと》には、ぼくのすがたは見《み》えないし、声《こえ》も聞《き》こえないんだ。」

「なぁんだ。つまんない。」

菜乃《なの》は、かたをおとしました。
「そうだ。
さっき、なにか魔法《まほう》を
見《み》たいっていってたでしょ。
ぼく、小《ちい》さくなれるんだよ。」
「しかられるんじゃなかったの？」
「これくらいなら、へいき。」
チョコットが、ムニャムニャと
じゅもんをとなえ、パチンと指《ゆび》をならすと、からだが、みる
みるうちに小《ちい》さくなりました。
そしてチョコットは、ふわふわ飛《と》んで、菜乃《なの》がきている服《ふく》

のむねポケットに、ストンともぐりこみました。
「わっ、すごーい！」
菜乃《なの》は、手《て》をパチパチたたきました。
「ここにいれば話《はな》しやすいだろう。」
「うん。でもわたし、お手伝《てつだ》いって、いったいなにをしたら
いいのかな？　どっちにしても、
まずは、なにか食《た》べなきゃ。」
とりあえず、菜乃《なの》は
キッチンへ行《い》きました。
おとうさんとおかあさんは、
もう店《みせ》にいます。

いつものことだけど、
日曜《にちよう》の朝食《ちょうしょく》はひとりで食《た》べます。
焼《や》いたパンに、
マーマレードをぬって、
レモンティーでいただきました。
「ねぇ。それなに？」
チョコットが、あまりに不思議《ふしぎ》そうに、
そして、ほしそうに見《み》ていたので、
マーマレードをぬったパンを、
ひと口《くち》わけてあげました。
「おいしーい！　人間《にんげん》の世界《せかい》も、いいもんだね。」

チョコットは、ゴキゲンです。
菜乃《なの》は、あとかたづけをすると、
うらぐちから外《そと》へ出《で》ました。
そして、ぐるっとまわって
店《みせ》の正面《しょうめん》にきました。
ちょうどおとうさんが、店《みせ》の前《まえ》で、
車《くるま》に花《はな》をつみこんでいるところでした。
「おとうさん、おはよう。」
「おはよう、菜乃《なの》。
きょうは、やけにはやおきだな。」
おとうさんのいうとおり。

いつもなら、あと一時間《じかん》はねています。

「お手伝《てつだ》いをしようと思《おも》って。」

菜乃《なの》がいうと、
おとうさんは、にやっと笑《わら》って、
店《みせ》の中《なか》をのぞきこみました。

おかあさんが、かわいい花《はな》かごを作《つく》っています。

「なにか、ほしいものがあるのかな？」

「ちがうって。学校《がっこう》の宿題《しゅくだい》みたいなもの。

あとでこのカードに、サインをしてほしいの。」

「なんか、あやしいなぁ。」

おとうさんは、カードをかばんにしまったあとも、

じろじろ菜乃《なの》を見《み》ます。

菜乃《なの》が目《め》をそらせると、むねポケットの中《なか》で、チョコットが笑《わら》っていました。

「あははっ。よっぽど信用《しんよう》されてないんだね。」

チョコットは、
すがたも声《こえ》もわからないのをいいことに、思《おも》いっきり、大《おお》きな口《くち》をあけて笑《わら》っています。

「そんなこといって、いいの！」

「あ、ごめんごめん。」

菜乃《なの》ににらまれ、チョコットは、
あわてて首《くび》をすくめました。

「今《いま》から、配達《はいたつ》でしょ。おとうさんといっしょに行《い》ってもいい？」

「ああ、でもなぁ……。」

おとうさんは、ちょっとこまった顔《かお》になりました。

「今《いま》から、花《はな》をもっていくのは、おじいちゃんがなくなった家《いえ》だけど、菜乃《なの》はだいじょうぶかな？」

「だいじょうぶって？」

「だからね。あまり楽《たの》しくないかもしれないよ。」

おとうさんが気《き》をつかっているのが、菜乃《なの》にもわかりました。

「うん。だいじょうぶだよ。」

いくら、お手伝《てつだ》いはあまりしないといっても、なんどか、おそうしきの花《はな》を運《はこ》ぶのに、ついていったことはあります。

菜乃《なの》は、花《はな》を車《くるま》につみこみながら、少《すこ》し不思議《ふしぎ》に思《おも》いました。

おそうしきの花《はな》にしては、色《いろ》づかいがにぎやかです。

おかあさんが手《て》をとめ、店《みせ》から出《で》てきました。

「おはよう、菜乃《なの》。手伝《てつだ》ってくれて、ありがとうね。おかあさんもたすかるわ。」

「行《い》ってきます。」

おかあさんが、にこにこ顔《がお》で見送《みおく》ってくれます。あとで、いいことがありそうな笑顔《えがお》です。

シートベルトをするとき、菜乃《なの》は、チョコットをはさんでしまわないよう気《き》をつけました。

おとうさんがエンジンをかけると、

車《くるま》が走《はし》りだします。

「おとうさん。

さっきわたし、

思《おも》ったんだけど。」

「なにを思《おも》ったの？」

「今《いま》から、おそうしきの

家《いえ》に行《い》くんでしょ。」

「うん。せいかくにいうと、

まだ、おそうしきの前《まえ》なんだ。

そのおじいちゃんはね、

病院《びょういん》でなくなって、

お家《うち》に帰《かえ》ってきたんだ。」

「病院《びょういん》でなくなったんだ……。」

菜乃《なの》は、自分《じぶん》のおじいちゃんが病気《びょうき》で入院《にゅういん》したとき、見《み》まいにいったときのことを、思《おも》い出《だ》しました。

「はやく、元気《げんき》になってね。」

菜乃《なの》がそういうと、

「あたりまえだ。

病院《びょういん》なんかで死《し》ねるか。

死《し》ぬときは、家《いえ》で死《し》ぬんだ。」

おじいちゃんは、いったとおり、
元気《げんき》になって帰《かえ》ってきました。

ただ、家《いえ》で死《し》にたいと
いってたわりに、
ちっとも家《いえ》にいません。
今《いま》も、スペインという国《くに》へ
旅行《りょこう》に行《い》っています。
「ひとばん、お家《うち》ですごして、
あしたひつぎに入《はい》って、
そうぎじょうへむかうんだ。
それで、どうしたの？」
「うん。お花《はな》がいつもより、にぎやかだなあと思《おも》って。」
菜乃《なの》はちらっと、うしろのせきを見《み》ました。

花《はな》をそなえる入《い》れ物《もの》は、いつもとおなじで、白一色《しろいっしょく》とじみですが、もってきた花《はな》は、赤《あか》、青《あお》、オレンジと色《いろ》とりどりです。

「いつもなら、白《しろ》とうすむらさきのお花《はな》ばかりでしょ。」

すると、おとうさんは、うれしそうに菜乃《なの》を見《み》ました。

「おっ、よく見《み》てるなあ。さすが、花屋《はなや》さんの娘《むすめ》だな。」

チョコットが、ちらっと菜乃《なの》を見《み》あげて、「へえ、そういうもんなんだ。」と、つぶやきました。

「なくなったおじいちゃんはね、ほんとうに花《はな》がすきな人《ひと》だった。いろんな花《はな》を、庭《にわ》に植《う》えたり、写真《しゃしん》をとりにいったり。だからきのう、お家《うち》の人《ひと》と話《はなし》をして、はなやかにかざって送《おく》り出《だ》してあげようって。」

「そういうことだったんだ。」

「今《いま》はね、はなやかに送《おく》るおそうしきも、ふえてるんだよ。」

家《いえ》の前《まえ》につくと、
菜乃《なの》は、おとうさんと車《くるま》をおりました。
かなり、きゅうくつだったのでしょう。
チョコットは、むねポケットから飛《と》び出《だ》し、
のびのびと空《そら》をまいます。

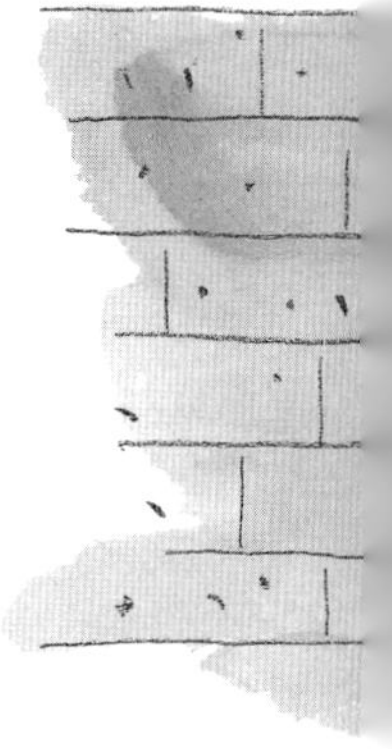

門《もん》の表札《ひょうさつ》には、「中島《なかじま》」と書《か》いてありました。

「あれっ？　そういえば……。」

菜乃《なの》はちらっと、友《とも》だちの中島《なかじま》かなちゃんのことを、思《おも》い出《だ》しました。

菜乃《なの》とは、おなじスイミングスクールに通《かよ》っていて、きのうは休《やす》んでいました。

スイミングの先生《せんせい》は、「しばらくお休《やす》みするかも。」といっていました。

げんかんがあいて、女《おんな》の子《こ》とおかあさんが出《で》てきました。
やっぱりそうでした。
かなちゃんが、かなしそうな顔《かお》をして、立《た》っていました。

菜乃《なの》を見《み》てもだまったままで、目《め》がまっ赤《か》です。

菜乃《なの》も、なんと声《こえ》をかけていいのかわからず、門《もん》のそばから、動《うご》けずにいました。

おじいちゃんのことは、菜乃《なの》も知《し》っています。

ときどき、スイミングにいっしょにきていました。

かなちゃんは、おじいちゃんになにか買《か》ってもらうたび、菜乃《なの》に見《み》せてくれました。

おとうさんが、かなちゃんのおかあさんに、あいさつをして、菜乃《なの》も、ちょっとだけ頭《あたま》をさげました。

すると、おかあさんが、

「菜乃《なの》ちゃん、よかったら、あがっていってね。」

と、声《こえ》をかけてきました。

おとうさんが、花《はな》を運《はこ》びはじめました。

菜乃《なの》は、どうしようかまよいました。

「せっかくだから、あがって手《て》をあわせてきたら。知《し》ってる人《ひと》なんだよね。」

チョコットが耳《みみ》もとで、ハタハタ飛《と》びながらささやきました。

おとうさんが、さいごの花《はな》をもって、家《いえ》の中《なか》へ入《はい》ったとき、菜乃《なの》も、あとについていくことにしました。

「もうすぐ、そうぎ屋《や》さんが、きてくれるので……。」

「あと、のこりのお花《はな》は、ひとまずこちらでいいですよね。」

おとうさんと、かなちゃんのおかあさんが話《はなし》をして、花《はな》が、リビングへ運《はこ》びこまれました。

「じゃあ、手《て》をあわせていこうか。」

おとうさんが、かなちゃんのおかあさんと、おくの部屋《へや》へ行《い》きます。

菜乃《なの》たちも、おくの部屋《へや》へ歩《ある》きます。
みしみしと、ろうかが音《おと》をたてます。
かなちゃんが菜乃《なの》の手《て》を、
ぎゅっとにぎりました。
そんなかなちゃんを、菜乃《なの》は、
なにかとたたかってる
みたいだと思《おも》いました。
でも、なんと言葉《ことば》を
かけたらいいのかわかりません。
かなちゃんの、心《こころ》の中《なか》のかなしい気持《きも》ちが、つないだ手《て》を
つたわって、菜乃《なの》の心《こころ》の中《なか》にも、流《なが》れこんできます。

おふとんの上《うえ》で、 おじいちゃんはねむっていました。
しずかに、小《ちい》さく。花《はな》にかこまれて。
その顔《かお》は今《いま》にもほほえんできそうで、
でも動《うご》きません。
(死《し》んじゃったんだ。)
それ以外《いがい》に言葉《ことば》が
うかんできません。
菜乃《なの》は、
おとうさんとならんで
すわりました。
目《め》をとじて、手《て》をあわせます。

かなちゃんの、おかあさんの声《こえ》が聞《き》こえました。

「おじいちゃん。花屋《はなや》さんが、お花《はな》をいっぱいもってきてくれたよ。あとでかざるからね。」

菜乃《なの》が目《め》をあけると、おじいちゃんが、ちょっぴり笑《わら》ったように見《み》えました。

菜乃《なの》は、きっとそれは、自分《じぶん》の気《き》のせいだと思《おも》いました。

ところが、

「あら、おじいちゃんが笑《わら》ったわ。ねっ、かな。笑《わら》ったよね。」

おかあさんがいうと、かなちゃんは、こくりとうなずきました。

「不思議《ふしぎ》なことも、あるもんだね。」

おとうさんが、立《た》ちあがっていいました。

「きっと、お花《はな》のおかげです。」

「そう思《おも》っていただけたら、うれしいです。それでは……。」

もう、帰《かえ》らなくてはいけません。

「さぁ、かな、げんかんまでお見送《みおく》りしましょ。」

おかあさんがいっても、かなちゃんは、すわったまま、じっとおじいちゃんの顔《かお》を見《み》ています。

菜乃《なの》はやっぱり、声《こえ》をかけられませんでした。

「ありがとうございました。」

あいさつをして、車《くるま》にのりこみました。

しばらくはふたりとも、しゃべろうとしません。

「だいじょうぶか、菜乃《なの》？」

「うん。わたしは、だいじょうぶ。だけどかなちゃん、

かなしそうだったな。」
「そうだな。」
「おとうさん、
いやじゃないの？」
「なにが？」
「だって、
人《ひと》がかなしんでるところへ、
お花《はな》をもっていくって。」
「いやなときもあるよ。
『花《はな》なんかどうでもいいから、
そのへんに置《お》いとけ。』って、いわれることもある。

でも、きょうみたいに、ちょっとでも、
かなしい気持《きも》ちによりそえたら、ありがたいな。
花屋《はなや》さんをやってて、よかったなって思《おも》う。
そんな仕事《しごと》、ほかにあまりないからな。」
「うん。」
　菜乃《なの》は、かなちゃんに
声《こえ》をかけられなかったことを思《おも》い出《だ》して、
くやしくなりました。
「わたし、なにもできなかった。」
　菜乃《なの》は、うつむいていいました。
「そんなことないさ。

きっとかなちゃんも、
うれしいと思《おも》ってるよ。」

「そうかな。」

「うん。」

「チョコットもそう思《おも》う？」

菜乃《なの》は、
そっとポケットをのぞきました。

「ぼくには、むずかしくてわかんない。」

チョコットは、首《くび》をかしげます。

菜乃《なの》は、おとうさんがいうのならと、
そう考《かんが》えることにしました。

店《みせ》にもどると、

「菜《な》乃《の》は、しばらく休《やす》んでたらいいよ。」

いいのこして、おとうさんは、店《みせ》の中《なか》へ入《はい》っていきました。

チョコットは、むねポケットから出《で》ると、楽《たの》しそうに、空《そら》高《たか》くまったり、くるくるまわったりしました。

店《みせ》の前《まえ》には、ハナミズキの木《き》があります。少《すこ》し前《まえ》までは、まっ白《しろ》な花《はな》をつけていました。そして、その木《き》をかこむように、かだんがあります。パンジーや、ノースポールがさいています。

菜《な》乃《の》が、木《き》のえだにこしかけた、チョコットを見《み》あげていいます。

「そういえば、あなたって、なんの妖精《ようせい》なの？」

「花《はな》だよ。だからここへきたんじゃない。」

「なんのお花《はな》？」

「ひまわりだよ！」

チョコットの顔《かお》が、パッとはじけます。

そして、

「ひまわりの花言葉《はなことば》って、なにか知《し》ってる？」

と聞《き》きました。

「花言葉《はなことば》？」

「そうだよ。花《はな》には、意味《いみ》があるんだ。たとえば、ひまわりは、『わたしはあなただけを見《み》つめる』。

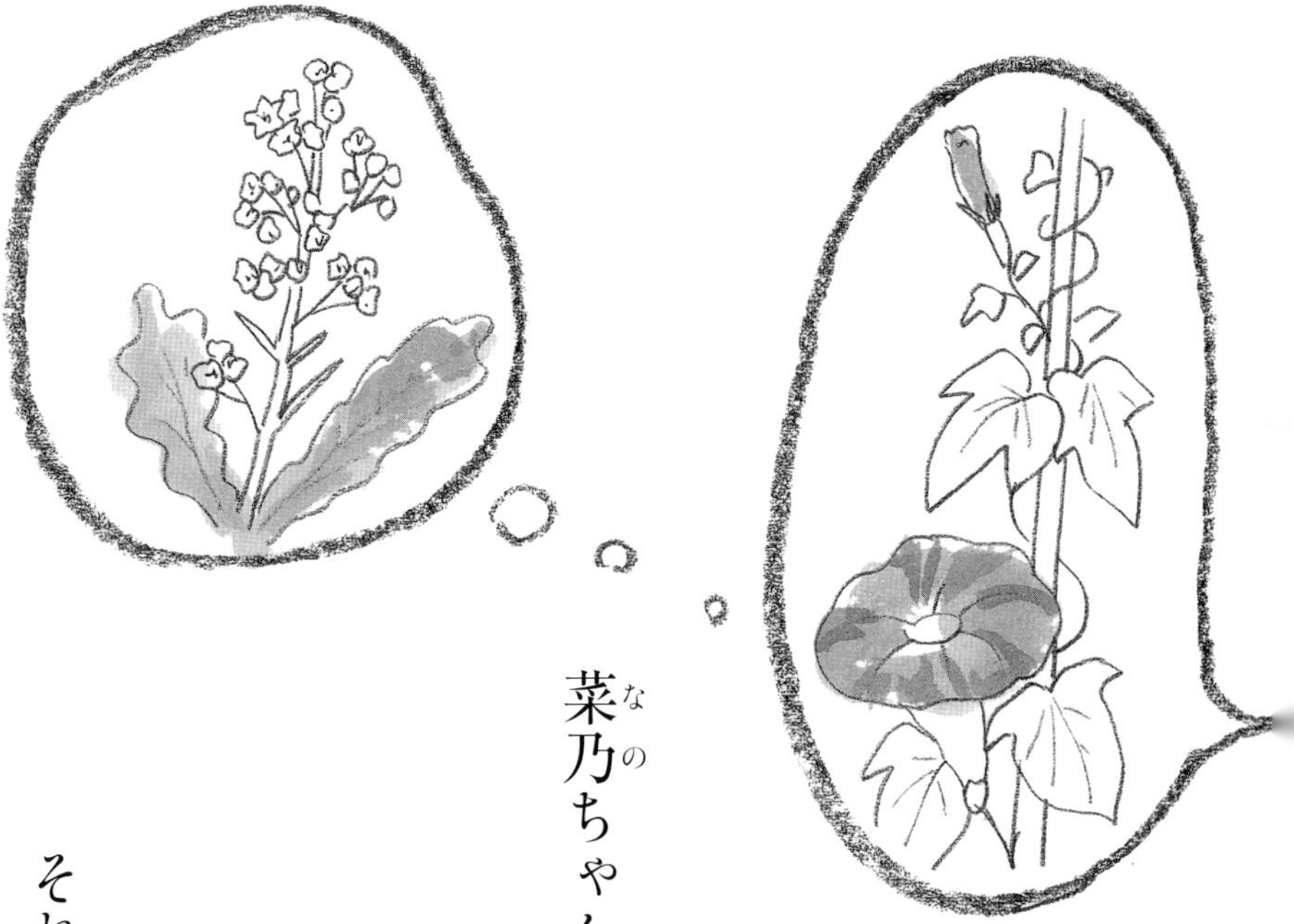

パンジーなら、『もの思《おも》い』。
朝顔《あさがお》は、『はかない恋《こい》』って
いうようにね。」
「ふうーん。そうなんだ。」
「そうだ。
菜乃《なの》ちゃんの誕生日《たんじょうび》って、いつなの？」
「三月《がつ》十日《とおか》。」
「ということは、
誕生日《たんじょうび》の花《はな》は、
菜《な》の花《はな》だ……ん？　そっか。
それで菜乃《なの》っていう名前《なまえ》なんだ。」

チョコットは、なにか重大発見《じゅうだいはっけん》をしたみたいに、空中《くうちゅう》をくるくるまって、よろこびを表現《ひょうげん》しました。

「菜《な》の花《はな》の花言葉《はなことば》は、『快活《かいかつ》』。おおらかで、明《あか》るい。ほんと、そのとおりだね。」

チョコットが、とても妖精《ようせい》らしく見《み》えてきました。そして菜乃《なの》は、さっきのことを聞《き》いてみたくなりました。

「もしかして、おじいちゃんが、笑《わら》ったように見《み》えたのは、チョコットの魔法《まほう》なの？」

「えっ？　あぁ、まあね。」

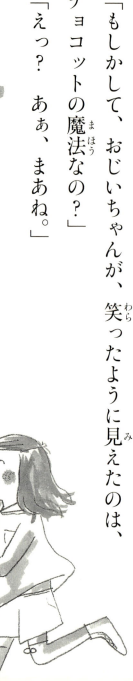

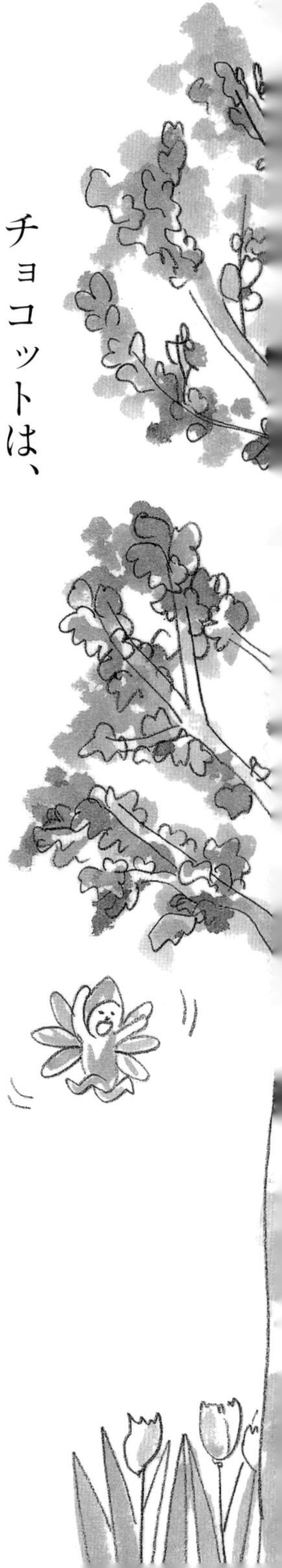

チョコットは、
あたりを気《き》にしながら答《こた》えました。

「いいな。わたしも、魔法《まほう》が使《つか》えたらいいのに。」

「きっと、菜乃《なの》ちゃんにも、使《つか》える魔法《まほう》があるはず。」

「ほんとうに？」

「もちろん。」

チョコットが、自信《じしん》たっぷりにいいます。

それはどんな魔法《まほう》なのか、菜乃《なの》が聞《き》こうとした、そのときです。店《みせ》の中《なか》から、おかあさんが出《で》てきました。

「菜乃《なの》、これを運《はこ》ぶの手伝《てつだ》って。」

おかあさんは、花《はな》を入《い》れたかごを両手《りょうて》にもってきました。

店《みせ》では、こういう花《はな》かごのことを、「フラワーアレンジメント」とよんでいます。お誕生日《たんじょうび》や、お祝《いわ》いごとに使《つか》います。

「まだ、たくさんあるから。」

菜乃《なの》が行《い》くと、店《みせ》の中《なか》にところせましと、おなじような花《はな》かごがありました。

朝《あさ》から、いそがしそうに作《つく》っていたのは、これだったのです。

「いくつあるの？」

運《はこ》びながら、おかあさんに聞《き》きました。

「四十五こよ。」

「どこへもってくの？」

するとおかあさんは、

「ふふっ。」と笑《わら》いました。

「菜《な》乃《の》も、いっしょに行《い》く？」

「うん。」

こんどは、おかあさんと配達《はいたつ》です。
「ちょっと、おそくなっちゃったな。」
花《はな》かごをぜんぶつみこむと、
おかあさんは
ちらっと時計《とけい》を見《み》ました。
「さあ、行《い》くよ。」
菜乃《なの》も車《くるま》にのりこみ、
出発《しゅっぱつ》です。
大《おお》きな川《かわ》をわたると、
車《くるま》は川《かわ》ぞいに、
海《うみ》のほうへ走《はし》ります。

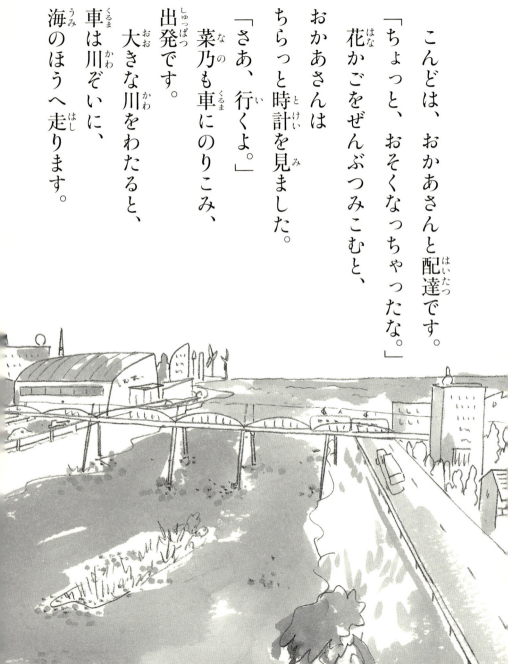

しおのかおりが、
ほそくあけたまどから
流《なが》れこんできます。
海《うみ》はすぐそこにあって、
夏《なつ》には花火大会《はなびたいかい》があります。
「ほら、見《み》えてきた。」
それは、「しおさいホール」
というたてものです。
健康《けんこう》スポーツセンターと、
図書館《としょかん》、そしてイベントホールが
いっしょになったたてものです。

ホールのうらがわに車《くるま》をとめると、シャッターがあいていました。

ここからにもつを運《はこ》びこむのです。広《ひろ》さも高《たか》さもあって、大《おお》きなトラックにのってきても、らくらくさぎょうが、できそうです。

「広《ひろ》いね。」

「そりゃそうよ。ピアノだって、ここから運《はこ》びこまなきゃいけないんだから。」

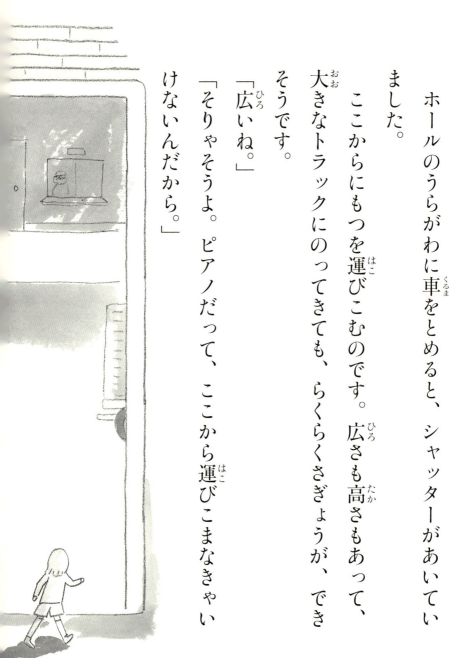

「えっ、ピアノ……。」

菜乃《なの》はドキッとしました。

もしかして……。

四さいから、習《なら》いはじめたピアノを、菜乃《なの》は小学校《しょうがっこう》に入《はい》るとき、やめてしまいました。

どうしても、左手《ひだりて》がうまく動《うご》かなくて、いやになったのです。

車《くるま》からおりて、おかあさんがスマホでれんらくすると、すぐに黒《くろ》いスーツをきたおばさんが出《で》てきました。

菜乃《なの》の予感《よかん》が当《あ》たりました。

「きょうはここで、ピアノ発表会《はっぴょうかい》があるの。」

おかあさんが菜乃《なの》に説明《せつめい》します。

そんなの、いわれなくてもわかります。黒《くろ》いスーツのおばさんは、菜乃《なの》が習《なら》っていたピアノの先生《せんせい》です。

「菜乃《なの》ちゃん、ひさしぶり。すごいねえ、お手伝《てつだ》いしてるんだ。」

菜乃《なの》は、なんてあいさつしていいかわからず、だまってしまいました。

おかあさんが、かわりにしゃべります。

「ごめんなさいね、ピアノをすぐにやめちゃって。でも今《いま》は、水泳《すいえい》をがんばってるの。」

菜乃《なの》は、おかあさんが、ごめんなさいといったので、自分《じぶん》も小《ちい》さな声《こえ》で、「ごめんなさい。」といいました。すると、

「菜乃《なの》ちゃん。ぜんぜん、あやまることなんかじゃないわよ。あのときもいったでしょ。ひとつのことをやめるのは、なにか新《あたら》しいことを、はじめるチャンスだって。さっ、菜乃《なの》ちゃん、お花《はな》を運《はこ》びましょ。」

先生《せんせい》は、菜乃《なの》がピアノを習《なら》っていたころと、かわっていま

せん。テキパキと、リズミカルに話《はな》します。

花《はな》かごを運《はこ》びながら、菜乃《なの》は、むねポケットの中《なか》のチョコットに話《はな》しかけました。

「なんか不思議《ふしぎ》な気《き》がする。」

「なにが？」

「ピアノを習《なら》ってたころ、先生《せんせい》のしゃべりかたが、こわくていやだったのに、きょうはそんなことない。」

「ふうん……。」
チョコットは、
少《すこ》し首《くび》をかしげて答《こた》えました。
「それはたぶん、であいかたが
悪《わる》かったんだと思《おも》う。」
「であいかた？」
「そう。そのときは、
菜乃《なの》ちゃんにとって、
きっと、

自然《しぜん》なであいでは
なかったんだよ。」
「自然《しぜん》？」
「ほら、
モンシロチョウがキャベツとであって、
そこにたまごをうむように、
自然《しぜん》なであいって
たいせつなんだよ。」

ホールの中《なか》へ入《はい》ると、ぶたいのまん中《なか》に、「でん！」と、グランドピアノが置《お》いてありました。

見《み》あげると、「北岡音楽教室《きたおかおんがくきょうしつ》・ピアノ発表会《はっぴょうかい》」のかんばんがかかっています。

発表会《はっぴょうかい》は昼《ひる》からで、音楽教室《おんがくきょうしつ》の生徒《せいと》たちは、まだだれもきていません。男《おとこ》の人《ひと》たちが、うちあわせや、マイクのテストをしています。

「花《はな》かごは、ステージをかこむように、置《お》いてもらえますか。お花畑《はなばたけ》の中《なか》で、ピアノをひくようなイメージで。」

先生《せんせい》が客席《きゃくせき》から見《み》つめます。花《はな》かごの花《はな》は、発表会《はっぴょうかい》のあと、みんながもって帰《かえ》ることになっています。

そのときです。おかあさんが、ピアノの上《うえ》に、花《はな》を置《お》こうとすると、
「そこはやめて。あくまで主役《しゅやく》は、ピアノをひく子《こ》どもたちだから。」
先生《せんせい》が、かたい声《こえ》でいいました。
おかあさんを見《み》ると、とくに気《き》にしているようすはありません。

「そうね。ここは、よくないかも。」

おかあさんは、花《はな》かごをもったまま、ステージをおりて、どこへ置《お》いたらいいか考《かんが》えます。

ひととおり、セッティングがおわると、菜《な》乃《の》とおかあさんは、車《くるま》にもどりました。

もちろん、チョコットもいっしょです。

見送《みおく》りにきた先生《せんせい》に手《て》をふって、車《くるま》が動《うご》きだすと、菜《な》乃《の》はまっさきにいいました。

「『主役《しゅやく》は、ピアノをひく子《こ》どもたちだから。』って、あんないいかた、ずいぶんだよね。」

菜《な》乃《の》は、また少《すこ》し、

はらがたってきました。
「おかあさんも、
ちょっとカチンときたけどね。」
と、笑《わら》います。
「まったく、そうだよ。」
チョコットも、
むねポケットの中《なか》でうなずいています。
でもおかあさんは、
それほどおこっていません。
「まあ、先生《せんせい》のいうことも、わからなくはないかな。
きょうは、なんといっても、ピアノ発表会《はっぴょうかい》だもんね。」

「じゃあ、お花《はな》はいつ、主役《しゅやく》になるの？」

「そうね。けっきょく、お花《はな》が主役《しゅやく》になることは、ないんじゃないのかな。」

「ええ、そんなの……。」

「おかあさんが、いつも考《かん》えているのは、なくてもいいけど、あったほうがうれしいねって、そう思《おも》ってもらえるように、お花《はな》をとどけたいの。」

おかあさんはハンドルを、ぎゅっと、にぎりなおします。

「たとえば、うれしいときに、『よかったね。』って声《こえ》をかけられたら、うれしさが倍《ばい》になるし、かなしいときに、『だいじょうぶ？』って声《こえ》をかけられたら、かなしさが半分《はんぶん》になるでしょ。お花《はな》をおくるって、そういうものだと思《おも》うの。」

菜乃《なの》は、かなちゃんのすがたを思《おも》いうかべました。

菜乃《なの》は、おかあさんにいいました。

「わたし、かなちゃんの家《いえ》に行《い》きたい。」

おかあさんは、おどろいた顔《かお》になりました。

「きちんと、かなちゃんに声《こえ》をかけたいから。」

「いいわよ。」

おかあさんは、すぐにウインカーを出《だ》して、かなちゃんの家《いえ》があるほうへ、車《くるま》の行《ゆ》きさきをかえました。

菜乃《なの》は、車《くるま》の中《なか》で、いっしょうけんめい考《かんが》えました。

かなちゃんの家《いえ》につくと、げんかんはあいていました。

たくさんの人《ひと》が、出《で》たり入《はい》ったりして、くつが、げんかんの外《そと》にまで、あふれています。

かなちゃんのおかあさんもいました。

菜乃《なの》が行《い》くと、かなちゃんのおかあさんが、おどろいた顔《かお》で見《み》ました。

「どうしたの、菜乃《なの》ちゃん？」

「あの、かなちゃんに、いいわすれたことがあって。」

「そうなの、すぐよんでくるね。」

少《すこ》しして、かなちゃんがきました。さっきより、元気《げんき》そうです。

菜乃《なの》は、さっと、かなちゃんの手《て》をにぎっていいました。

「またスイミングであおうね！」

「うん。」

「きっとだよ！」

「うん。」

かなちゃんが、
少《すこ》しだけ笑顔《えがお》になりました。

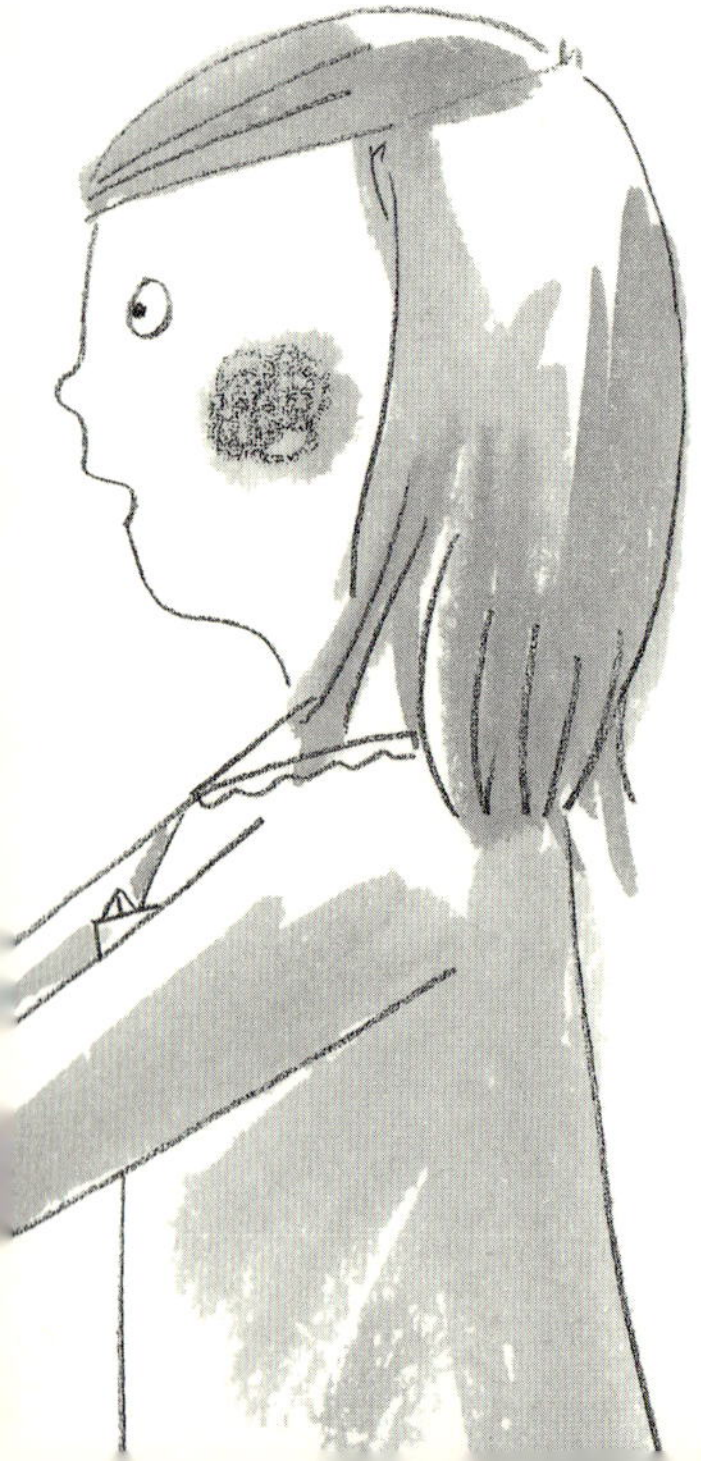

「じゃあ、行《い》くね。」
菜乃《なの》が手《て》をふると、
かなちゃんもこたえてくれました。
車《くるま》にもどろうとすると、
「ふうん。なくてもいいけど、
あったほうがうれしいものねぇ……。」
むねポケットの中《なか》で、チョコットがつぶやきます。
「どうしたの？」
菜乃《なの》が、そっと声《こえ》をかけます。
「このあとね、帰《かえ》ってから、きょうあったことを、作文《さくぶん》に書《か》
かなきゃいけないいんだ。」

「なんて書《か》くの？」
「人間《にんげん》の世界《せかい》には、
なくてもいいけど、
あったほうがうれしいものが、
たくさんある。

そのことが、みんなの笑顔《えがお》のもとになってるって。
よし、ぼくも、これだけがんばったんだし、
そろそろ帰《かえ》ろうかな。
ねぇ、菜乃《なの》ちゃん。もどったらさっきのカードに、
サインもらってね。」
　チョコットは、
むねポケットの中《なか》にいることに、
あきてきたのでしょう。
　店《みせ》にもどると、菜乃《なの》はさっそく、
おとうさんにサインを
してもらいました。

チョコットは、そのカードをうけとると、菜乃《なの》にいいます。
「そうだ、菜乃《なの》ちゃんも、すごい魔法《まほう》を使《つか》えるじゃない。」
チョコットの目《め》が、おどろきの光《ひかり》であふれます。
「えっ、どんな？」
「だって、かなちゃん、あんなにかなしんでいたのに、
菜乃《なの》ちゃんのひとことで、笑《わら》ったじゃない。
ぼくにはぜったい、できないね。
あれは、なんていう魔法《まほう》なの。こんど教《おし》えてね。」
チョコットはそういうと、ふわふわと高《たか》くまいあがり、
やがて、ぽっかりうかんだ雲《くも》に
すいこまれるように、

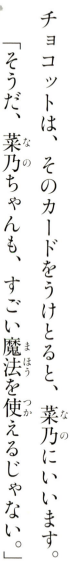

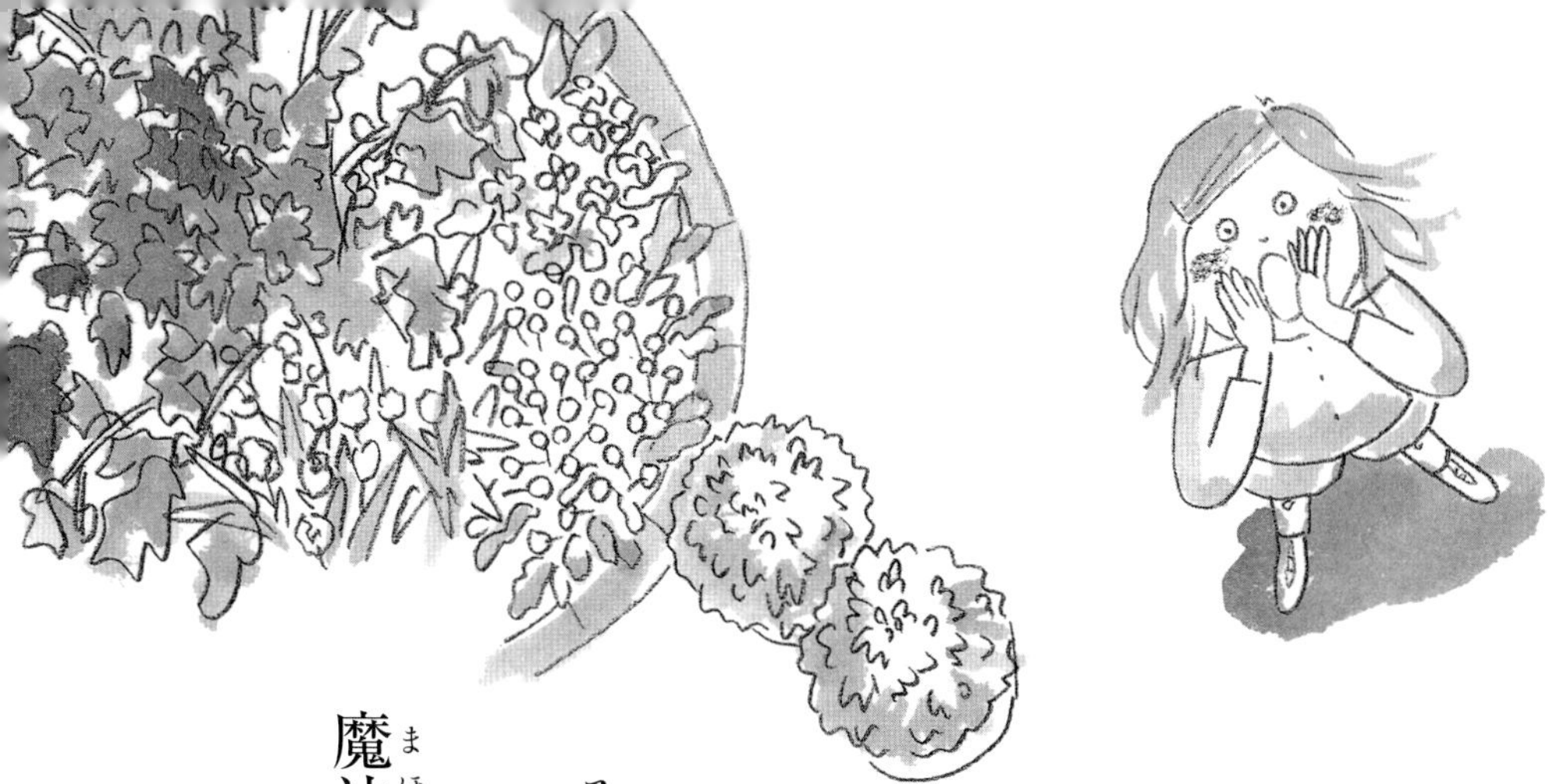

すがたを消《け》しました。
ポカンと空《そら》を見《み》ながら、
菜乃《なの》は考《かんが》えました。
「なんていう魔法《まほう》かな……。
そうだなぁ……『なくてもいいけど
あったほうがうれしい魔法《まほう》』。
うーん、ちょっと、長《なが》い名前《なまえ》だな。
そうだ、『きっとだよの魔法《まほう》』。これがいい。」
そして菜乃《なの》は、空《そら》にむかって、
魔法《まほう》をかけるような気持《きも》ちでよびかけました。
「またきてね、チョコット。きっとだよ！」

店《みせ》から、おかあさんの声《こえ》が、聞《き》こえます。
「いらっしゃいませ。きょうは、どのようなお花《はな》を。」
日曜日《にちようび》の花屋《はなや》さんは、まだまだいそがしくなりそうです。

バリー

花屋《はなや》さんのまめちしき

花屋《はなや》さんのお仕事《しごと》にちょっぴりくわしくなる

オマケのおはなし

大《おお》きくなったら花屋《はなや》さんになりたい！

いつの時代《じだい》でも、小学生《しょうがくせい》（女子《じょし》）が大《おお》きくなったらやってみたいお仕事《しごと》の、ベスト10《テン》にかならず入《はい》っているのが花屋《はなや》さんです。

でも、花屋《はなや》さんのお仕事《しごと》ってたいへんですよ。毎朝早起《まいあさはやお》きして市場《いちば》に行《い》ったり、菜乃《なの》ちゃんのお父《とう》さんのように車《くるま》で配達《はいたつ》をしたり、お店《みせ》がしまったあともそうじをしたりと、朝《あさ》から夜《よる》まで大《おお》いそがしです。

花屋《はなや》さんのお仕事《しごと》をする人《ひと》の中《なか》には、フラワーデザイナーという資格《しかく》をとる人《ひと》がふえています。花《はな》を上手《じょうず》にかざれるようになるための勉強《べんきょう》をして、試験《しけん》に合格《ごうかく》すると、その資格《しかく》がもらえるのです。

どんな花《はな》をプレゼントする？

とつぜんですが、クイズです！　母《はは》の日《ひ》には、なんの花《はな》をプレゼント

しますか？　正解《せいかい》は、「カーネーション」。百年《ねん》ほど前《まえ》のアメリカで、ある女性《じょせい》が、お母《かあ》さんの追悼式《ついとうしき》で白《しろ》いカーネーションを配《くば》ったのがはじまりです。この風習《ふうしゅう》はアメリカ中《じゅう》に広《ひろ》まり、五月《がつ》の第《だい》二日曜日《にちようび》が母《はは》の日《ひ》となりました。
では、第《だい》二問《もん》。六月《がつ》の第《だい》三日曜日《にちようび》・父《ちち》の日《ひ》にプレゼントする花《はな》は？　正解《せいかい》は、「いろいろ」。尊敬《そんけい》を表《あらわ》す「バラ」、堂々《どうどう》とした様子《ようす》を表《あらわ》す「ユリ」、太陽《たいよう》の光《ひかり》をイメージさせる「ヒマワリ」などをおくることが多《おお》いようです。

お誕生日《たんじょうび》プレゼントなら、その人《ひと》が好《す》きな花《はな》がいちばん。その日《ひ》のために、ご両親《りょうしん》やきょうだいに、好《す》きな花《はな》を聞《き》いてみませんか？　その理由《りゆう》も聞《き》いたら、意外《いがい》な発見《はっけん》があるかも。

花言葉《はなことば》のこと、もっと知《し》りたい！

菜乃《なの》ちゃんとチョコットは、菜《な》の花《はな》や朝顔《あさがお》などの花言葉《はなことば》について話《はな》していましたけど、みなさんは「花言葉《はなことば》」って、知《し》ってましたか？

古《ふる》くから、花《はな》にはいろいろな言《い》いつたえがあります。ギリシア神話《しんわ》には、アネモネやチューリップやクロッカスなどなど、たくさんの花《はな》についての物語《ものがたり》があります。

いまから二百年《ねん》ぐらい前《まえ》には、フランスの貴《き》族《ぞく》たちのあいだで、草花《くさばな》とその意味《いみ》を組《く》みあわせた手書《てが》きの本《ほん》が、人気《にんき》になったそうです。恋《こい》人《びと》の美《うつく》しさを草花《くさばな》にたとえたり、あるいは恋《こい》が

実《みの》らなかったときにどうすればいいかなど、恋《れん》愛《あい》の教科書《きょうかしょ》のように使《つか》われ、それが花言葉《はなことば》のはじまりといわれています。だから花言葉《はなことば》には、ロマンチックなものが多《おお》いのですね。

12か月《げつ》を代表《だいひょう》する花《はな》と花言葉《ばなことば》

おはなしの中《なか》にも、菜《な》の花《はな》や朝顔《あさがお》の花言葉《はなことば》が出《で》てきましたが、ほかにもいろいろな花言葉《はなことば》があります。ここでは、その月《つき》を代表《だいひょう》する花《はな》の花言葉《はなことば》を紹介《しょうかい》しましょう。

1月《がつ》	スミレ	愛《あい》
2月《がつ》	ウメ	忠実《ちゅうじつ》
3月《がつ》	モモ	あなたのとりこ
4月《がつ》	サクラ	けがれがない
5月《がつ》	カスミソウ	きよらかな心《こころ》
6月《がつ》	アジサイ	はにかみ

7月《がつ》	カンナ	尊敬《そんけい》
8月《がつ》	ヒマワリ	あこがれ
9月《がつ》	コスモス	乙女《おとめ》のまごころ
10月《がつ》	ダリア	華麗《かれい》
11月《がつ》	サザンカ	ひたむき
12月《がつ》	カトレア	優美《ゆうび》な女性《じょせい》

村上しいこ｜むらかみしいこ

三重県生まれ。『かめきちのおまかせ自由研究』で日本児童文学者協会新人賞受賞、『れいぞうこのなつやすみ』でひろすけ童話賞、『うたうとは小さないのちひろいあげ』で野間児童文芸賞を受賞。『音楽室の日曜日』をはじめとする「日曜日」シリーズ（絵・田中六大）は累計12万部のベスト＆ロングセラーに。

かべや ふよう

愛知県生まれ。名古屋造形芸術短期大学卒。会社員を経て1995年よりイラストレーターに。おもな絵本作品に『だったらいいな』（ボローニャ国際絵本原画展入賞）『みみずん』『しりとりさんぽ』『海へいこうよ』などがある。

装丁／大岡喜直（next door design）
本文 DTP／脇田明日香

おしごとのおはなし　花屋《はなや》さん
菜乃《なの》のポケット

2015年11月25日　第1刷発行
2021年3月1日　第4刷発行

作　村上《むらかみ》しいこ
絵　かべや ふよう
発行者　渡瀬昌彦
発行所　株式会社講談社
〒112-8001 東京都文京区音羽2-12-21
電話　編集 03-5395-3535　販売 03-5395-3625　業務 03-5395-3615
印刷所　豊国印刷株式会社
製本所　株式会社若林製本工場

N.D.C.913 79p 22cm ISBN978-4-06-219755-7